NOTA A LOS PADRES

Aprender a leer es uno de los logros más importantes de la pequeña infancia. Los libros de *¡Hola, lector!* están diseñados para ayudar al niño a convertirse en un diestro lector y a gozar de la lectura. Cuando aprende a leer, el niño lo hace recordando las palabras más frecuentes como "la", "los", y "es"; reconociendo el sonido de las sílabas para descifrar nuevas palabras; e interpretando los dibujos y las pautas del texto. Estos libros le ofrecen al mismo tiempo historias entretenidas y la estructura que necesita para leer solo y de corrido. He aquí algunas sugerencias para ayudar a su niño *antes*, *durante* y *después* de leer.

Antes
- Mire los dibujos de la tapa y haga que su niño anticipe de qué se trata la historia.
- Léale la historia.
- Aliéntelo para que participe con frases y palabras familiares.
- Lea la primera línea y haga que su niño la lea después de usted.

Durante
- Haga que su niño piense sobre una palabra que no reconoce inmediatamente. Ayúdelo con indicaciones como: "¿Reconoces este sonido?", "¿Ya hemos leído otras palabras como ésta?"
- Aliente a su niño a reproducir los sonidos de las letras para decir nuevas palabras.
- Cuando necesite ayuda, pronuncie usted la palabra para que no tenga que luchar mucho y que la experiencia de la lectura sea positiva.
- Aliéntelo a divertirse leyendo con mucha expresión... ¡como un actor!

Después
- Pídale que haga una lista con sus palabras favoritas.
- Aliéntelo a que lea una y otra vez los libros. Pídale que se los lea a sus hermanos, abuelos y hasta a sus animalitos de peluche. La lectura repetida desarrolla la confianza en los pequeños lectores.
- Hablen de las historias. Pregunte y conteste preguntas. Compartan ideas sobre los personajes y las situaciones del libro más divertidas e interesantes.

Espero que usted y su niño aprecien este libro.

—Francie Alexander
Especialista en lectura
Scholastic's Learning Ventures

A Reed
— D.M.

Para obtener información acerca de autores e ilustradores de Scholastic,
consulte www.scholastic.com

Originally published in English
as *The Day the Sheep Showed Up*.

Translated by Susana Pasternac.

ISBN 0-439-25986-X

Text copyright © 1998 by David McPhail.
Illustrations copyright © 1998 by David McPhail.
Translation copyright © 2001 by Scholastic Inc.
All rights reserved. Published by Scholastic Inc.
SCHOLASTIC, MARIPOSA, HELLO READER, CARTWHEEL BOOKS, and
associated logos are trademarks and/or registered trademarks of Scholastic Inc.

Library of Congress Cataloging-in-Publication Data available

12 11 10 9 8 7 6 5 4 3   03 04 05

Printed in the U.S.A.   23
First Scholastic Spanish printing, November 2001

El día que apareció la oveja

por David McPhail

¡Hola, lector! — Nivel 2

SCHOLASTIC INC.

New York   Toronto   London   Auckland   Sydney
Mexico City   New Delhi   Hong Kong

Un día, los animales
de la granja se despertaron
y vieron algo extraño.

—Me pregunto qué será
—dijo el pato.

—Es blanco como tú
—dijo el ganso—.
A lo mejor es un pato.

—¡BEEEE! —dijo el extraño
animal—. No soy un pato o un
ganso, ni un cerdo, una vaca, un
gallo o un perro. ¡Soy una oveja!

Un animal de granja como ustedes. Sólo que diferente. Igual que ustedes son todos diferentes.

—¿Quieres decir,
como el ganso y yo?
—preguntó el pato.

—Los dos tenemos patas
palmeadas —dijo el ganso—,
pero yo hago "honk, honk"
y él hace "cuac, cuac".

—Exacto —dijo la oveja—.
Como el cerdo y el perro,
los dos tienen cuatro patas.

—Pero a él le gusta
el barro —dijo el
perro—, y a mí no.

Y tú y yo comemos tréboles. Pero yo tengo una cola larga y la tuya es corta.

—Pero todos somos
animales de granja
—les recordó la oveja.

De repente todos los animales
se quedaron callados.

Entonces, el perro preguntó.

—¿Te gusta jugar?

—¿A las carreras?

—dijo el ganso.

—¿O a las escondidas?

—dijo el cerdo.

—Me encanta jugar
—dijo la oveja—.
¿Podemos jugar ahora?

—Sí —dijo el ganso.

¡Te toca a ti!

La oveja se puso a
reír y corrió detrás de
los otros animales.

Jugaron toda la
mañana hasta caer
de agotamiento.
Y decidieron descansar.

—Te cansas igual que nosotros
—le dijo el pato a la oveja.

—Exactamente igual
—le contestó la oveja.

BEEEE.